한국어로 읽는 몽골동화

엮음 (주)아시안허브

기획 의도

아시안허브 '엄마나라 동화'는

다문화가정 엄마들이 어린 시절 모국에서 듣고 자란 전래동화를 한국에 소개하는 다문화 동화책입니다.

이 책은 다문화가정과 선주민들이 함께 어우러져

엄마나라 언어, 한국어, 영어 등 3개 국어로 글을 쓰고 그림을 그렸습니다.

또한 동영상을 제작해서 QR코드로 접속하면 동화 내용을 보고 들을 수 있습니다.

독자들이 이 책을 통해 다양한 국가의 언어와 문화를 이해하는데 도움이 되었으면 합니다.

contents

1

한국어로 읽는 몽골 동화

Солонгос хэлээр
унших
Монгол үлгэр

호랑이가 알록달록 해진 이유

БАР АЛАГ ЭРЭЭН БОЛСНЫ УЧИР
How the Tiger Got His Stripes

글 강사라 Tugsjargal Ochirba(몽골어 ·한국어), 송유빈(영어)
그림 정은수

옛날 몽골의 어느 산속에서 나이든 호랑이가 아들 호랑이를 불렀어요.
"애야, 네가 아무리 힘이 세지더라도 절대 사람 가까이는 가지 말거라."

이게 아버지 호랑이의 마지막 유언이었습니다.
시간이 흐르고 아들 호랑이는 아버지의 유언을 까맣게 잊어버렸죠.
그저 자신의 힘을 시험하고 싶어서 온종일 사람을 찾아 다녔어요.

One day, the tiger's father called his son and said, "Don't go near humans just because you are strong." He left his final dying wish and drew his last breath. But, the tiger soon forgot his father's last words. He only wanted to show off his strength and win, so he searched for humans all day.

사람을 찾으러 다니던 호랑이는 어느 날 야크를 만났어요.

야크는 힘이 세고 무서워보였는데, 사람이 자기 주인이라면서 기다리고 있는 거예요.

그 모습을 본 호랑이는 어리둥절할 수밖에 없었죠.

When he was looking for humans, he met a yak. The yak is strong and scary, but he was waiting for a human whom he called master. The young tiger was very surprised.

다음에는 낙타를 만났어요.

그런데 낙타도 자기 주인은 사람이라고 말하는 거예요.

호랑이는 도무지 이해할 수가 없었어요.

Next, he met a camel.
The camel called a human his master, too.
The young tiger couldn't believe that they would serve a human.

'사람이 몸은 작아도 지혜롭다'는 낙타의 말을 골똘히 생각하며 걷다가 드디어 사람과
마주치게 되었어요.

호랑이는 사람을 보자마자 호통 치듯이 큰소리로 말했습니다.

"그래, 이렇게 약한 동물일 줄 알았어. 흥... 어서 지혜를 내 놓으시지!"

"Humans may be small, but they are wise," were the words of the camel, which the tiger could not understand. As he was walking and thinking about what the camel had said, he finally met a human.
As soon as he met the human, he shouted,
"I didn't know you were such a weak animal.
Give me your wisdom now!"

"지혜? 그거 집에 두고 나왔는데?"
사람이 대답했어요.
"그럼 집까지 같이 가자!"

"I left it at home," said the human. Then the tiger said, "Let's go to your home together," and followed him.

호랑이는 지혜를 받겠다는 생각
으로 사람을 따라 갔어요.
결국 호랑이는 사람들이 사는
마을까지 따라 갔다가 붙잡혀서
불에 탈 뻔해답니다.
다행히 도망쳤는데 그때부터
호랑이 몸에는 불에 덴 것처럼
알록달록한 무늬가 생겼대요.

In the end, the tiger went to the town where the humans lived and almost got burned and had to run away.

그래서 지금도 호랑이는 사람을 무서워하며
사람과 멀리 떨어져 살고 있답니다.

Since then the tiger's body has stripes and
tigers fear humans to this day.

БАР АЛАГ ЭРЭЭН БОЛСНЫ УЧИР

The Limping Magpie

Эрт цагт насан өндөр болсон өвгөн бар хүүгээ дуудаж:

- За хүү минь, хүч чадалдаа эрдэж хүн гэдэг амьтанд л бүү ойртоорой гэж захиад амьсгал хураажээ. Гэвч ааг омгоо багтааж ядсан залуу бар аавынхаа захиасыг үл ойшоон хүнтэй хүчээ үзэж, дийлэх юмсан гэх хүсэлд автан хүнийг эрж явдаг болов гэнэ.

Тэгтэл замд нь даргар эвэртэй, бүдүүн цээжтэй нэгэн сүрлэг амьтан таарав. "За өнөөх хүн гэдэг аюултай амьтан чинь энэ л байх нь" гэж баярласан бар замыг нь хөндөлсөн зогсоод:

- За хүн гуай, одоо хоёулаа хүчээ үзнэ дээ гэхэд, өнөөх амьтан барыг гайхсан харцаар ширтээд:

- Намайг бух гэдэг шүү дээ. Харин манай эзнийг хүн гэдэг. Намайг хүнд ачаа бараа зөөж буулгахад ашигладаг юм, гэж хариулав.

- Их тэнхээтэй амьтан байх нь ээ! гэж бар дуу алдахад,

- За, тэр ч яахав. Би одоо явахгүй бол горьгүй нь, эзэн маань намайг хүлээж байгаа гээд бух одов. Гайхаж хоцорсон бар учрыг нь олохгүй хэсэг тээнэгэлзэн зогсоод, "Ер хүнтэй хүчээ үзэхээ больдог ч юм уу даа" гэж бодон цааш явж байлаа.

Гэтэл бухнаас хавьгүй том биетэй, сүрлэг амьтан урдаас нь ирж яваа харагдав гэнэ. Бар зугтая уу гэснээ нэрэлхүү зандаа хөтлөгдөн болиод:

- Таныг хүн гэдэг үү ? гэж ихэд эелдэгээр асуув. Тэгтэл өнөөх амьтан бар руу хяламхийн хараад:

- Чи яах гэсэн юм бэ? Намайг буур гэдэг хэмээхэд бар:

- Би хүнтэй хүчээ үздэг юм билүү л гэж явна даа гэхэд буур:

- Иш бар минь дээ. Энэ хорвоогийн хамгийн хүчтэй амьтан болох хүнтэй хүчээ үзээд дэмий биз дээ гэхэд бар:

- Тэгвэл тэр хүн гэдэг амьтан чинь танаас том биетэй байх нь ээ?

- Үгүй ээ, жаахан амьтан. Би хүнийг мордуулахын тулд сөгдөж өгдөг юм шүү дээ.

- Юу, тэгвэл тэр бас таны эзэн юм гэж үү?

- Тийм ээ, хүн миний эзэн. Хамрыг минь хар л даа. Намайг энэ бурантгаар залан унаж явдаг юм.

- Үгүй, мөн хачин юм аа. Биеэр жижиг, хүч тэнхээ гэх юмгүй мөртлөө ийм сүрлэг амьтдыг яаж эрхэндээ оруулдаг байна аа! гэж бар дуу алджээ. Буур:

- Хүний хүч чадал нь ухаандаа л байдаг юм. Тийм ухаантай амьтан ховор биз гэж хэлэн одов.

"Ухаан гэж юу байдаг юм бол доо" хэмээн бодсоор бар явж байтал нэгэн түлээчин эртэй тааралдав. Бар:

- Чи харваас хүний зарц гэдэг нь ойлгомжтой. Танай эзний ухаан хаана байдгийг чи мэдэх үү гэж асуухад түлээчин эр айсан хэдий ч:

- Би хүн байна аа. Хүсвэл танд ухаанаа харуулья, гэж өгүүлэв. Бар:

- Ийм дорой амьтан байдаг юм байна гэж ёстой санасангүй. Алив тэр ухаанаа өгөөдөх гэж, зандрахад түлээчин эр:

- Тэр бололгүй яахав. Харин ухаанаа гэртээ орхичихоод ирсэн нь тоогүй юм боллоо гэхэд бар:

- За тэгвэл танай гэрт очиж авья гэж архирахад түлээчин:

- Манай хоточ ноход танд төвөг удах нь зайлшгүй. Тиймээс та эндээ хүлээж байгаач гэхэд бар зөвшөөрч гэнэ.

Гэвч түлээчин эр явж ухаанаа авчрахын оронд зогссон газраасаа хөдлөхгүй байн байн эргэж хараад байв. Тэсгэл алдсан бар:

- Яагаад явахгүй байгаа юм бэ? гэж уурсахад, түлээчин:

- Та миний араас бариад, идчих юм шиг санагдаад болж өгдөггүй ээ гэхэд бар:

- Аймхай ч амьтан бол доо. Тэгж айгаад байгаа юм бол намайг энэ модноос хүлээд яв гэлээ. Ингэж хэлэхийг нь хүлээж байсан түлээчин эр бүсээ тайлан барыг модтой сайн гэгч барьж хүлээд:

- За бар гуай минь, би яваад цэцэн ухаанаа аваад ирье та түр хүлээж байгаарай гэж гэнэ. Тэгээд удалгүй тэвэр дүүрэн хатсан мөчир авчран овоолоод:

- За би ухаанаа авчирлаа. Та үз дээ гээд хэт цахиураа цахиж гал асаачихаад яваад өгчээ.

Арьс нь энд тэндгүй түлэгдэж хорсоход тэвдэж сандарсан бар яах учраа олохгүй байтал аз болж хүлээс нь галд шатаж тасрахад санд мэнд зугтав.

Тэр цагаас хойш бар хүнээс зугтаж явдаг болсноос гадна арьс нь цоохор болсон ажээ.

2

한국어로 읽는 몽골 동화

Солонгос хэлээр
унших
Монгол үлгэр

절뚝거리는 까치

ДОГОЛОН ШААЗГАЙ
The Limping Magpie

글 강사라 Tugsjargal Ochirba (몽골어 ·한국어), 김윤창(영어)
그림 정은수

옛날 옛적 몽골 어느 산속 이야기예요.

미루나무 둥지에 일곱 개의 알을 낳아 품고 있는 절뚝거리는 까치가 살고 있었어요.

어느 날, 꾀 많은 여우가 둥지 아래에 멈춰서더니 까치에게 말했어요.

"불쌍한 까치야, 일곱 개의 알 중에 하나는 내가 품어줄까?"

하지만 까치는 들은 척도 하지 않았습니다.

"알 하나도 안주겠다고? 그럼 세찬 바람을 데려와서 네 미루나무를 쓰러뜨려 주면 되겠구나.

둥지를 부수고, 알을 다 가져가도 좋다는 거지?"

여우가 의기양양한 목소리로 까치를 협박했어요.

겁먹은 까치는 알을 하나 주었고, 여우는 까치의 알을 받자마자 맛있게 먹었습니다.

Once upon a time there lived a limping magpie in nest in a poplar tree, brooding its seven eggs. One day, a crafty fox stopped under the nest and said to the magpie,

"Give me one of your seven eggs."

But the magpie didn't give him the egg.

"If you don't give me an egg, I will raise the wind and break your poplar. Are you sure you won't regret if I destroy your nest and take all of your eggs?" The fox threatened triumphantly.

The frightened magpie gave the fox an egg, which the fox devoured deliciously.

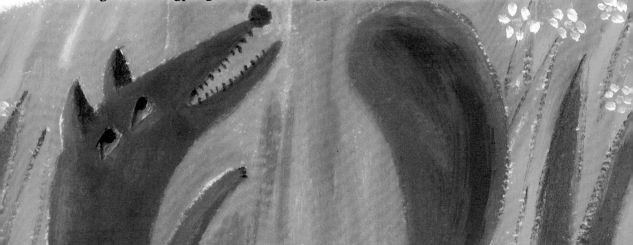

그날 이후로 여우가 까치의 알을 계속 빼앗아 먹었고,
이제는 딱 한 알만 남았어요.

From that day, the fox extorted the eggs continuously,
until there was only one left.

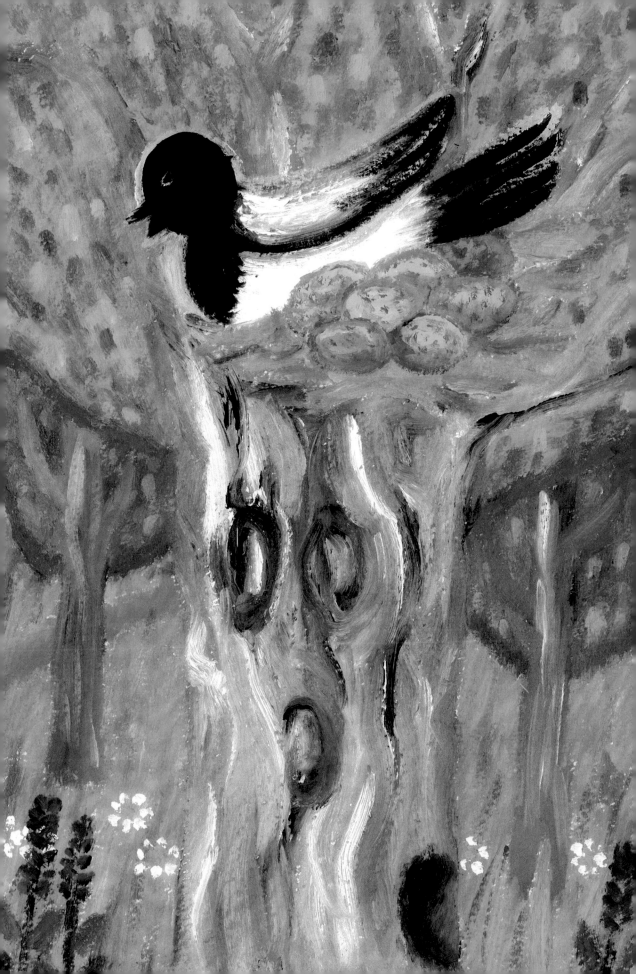

까치는 남은 알을 품고, 슬프게 울고 있었어요.
그때 나무 아래 구멍에서 노란 들쥐가 나오더니 물었습니다.
"까치야, 왜 울어?"

까치가 힘없는 목소리로 대답했어요.
"원래 내 알은 일곱 개였어. 그런데 여우가 찾아 와서 알을 하나 달라는 거야.
나는 절대 못 준다고 버텼지만 내 알을 전부 빼앗아간다고 협박하지 뭐야.
어쩔 수 없이 알을 하나씩 주다보니 이제 하나밖에 안 남았어."

까치의 말을 다 들은 들쥐가 말했습니다.
"여우가 또 찾아와서 남은 알 한 개도 달라고 하면 너는 안 준다고 말해.
그러면 여우는 똑같은 말로 협박을 할 거야. 그러면 '네가 먼 곳에서 바람을 일으키는
발은 어느 발이냐?
내 미루나무를 쓰러뜨리는 뿔은 어느 뿔이냐?' 라고 물어봐.
여우가 놀라서 '누가 이 말을 가르쳐 주었냐'고 하면 '내가 생각해서 하는 말'이라고
대답하면 되."
들쥐는 친절하게 가르쳐 주고 나서 다시 구멍 속으로 쏘옥 들어갔어요.

The magpie brooded the single remaining egg, crying sadly.
Then a grey mouse came out from the hole at the bottom of the tree and asked the magpie,
"Why are you crying?"

The magpie answered in a whimpering voice,
"I had seven eggs at first. But the sly fox came and demanded my eggs one after another. I refused of course, but he threatened that he will take all the eggs otherwise. I had no choice but to give him the eggs. Everything has been taken and only one remains."

After listening to the magpie's story, the grey mouse said,
"If the fox visits again and asks for the last egg, tell him no. Then he will threaten you in the same way. Then ask him, 'which foot is it that causes the wind from far away? Which horn is it that can break my poplar?' The fox will be surprised and will want to know who taught you to say this, then you should say 'I came up with the idea.'"
The grey mouse went back into his hole after kindly advising the magpie.

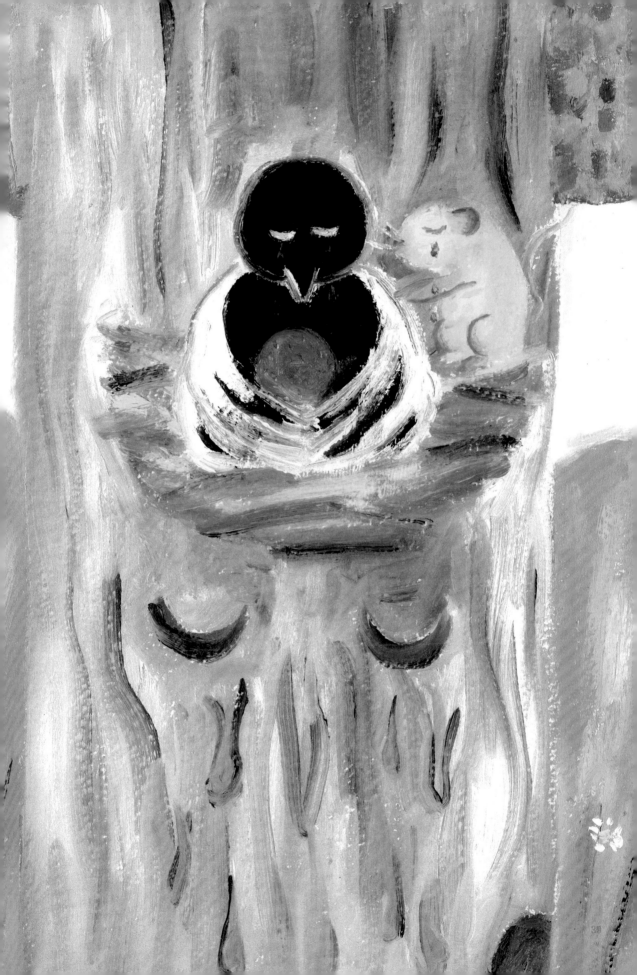

얼마 후, 다시 찾아온 여우는 역시나 마지막 알도 달라면서 겁을 주었습니다.
까치는 들쥐한테 배운 대로 말했어요.
"이 알은 절대 줄 수 없어."
여우가 또 협박을 하자 까치가 물었어요.
"먼 곳에서 바람을 일으키는 발은 어느 발이니?
내 미루나무를 쓰러뜨리는 뿔은 어느 뿔이야?"

After a while, the fox threatened the magpie, asking for the last egg.
The magpie said exactly what the mouse had told him.
"I won't give you the last egg."
The fox threatened him again. Then the magpie asked him,
"Which foot is it that causes the wind from far away?
Which horn is it that can break my poplar?"

여우는 깜짝 놀랐어요. 겁 많고 멍청한 까치
라고 생각했거든요.
"누가 너한테 이런 말을 가르쳐 줬니?"
애써 침착한척 물어봤어요.
"내가 생각해서 하는 말이야." 까치의 대답을
듣고 여우는 곰곰이 생각했어요.
그러자 생각할수록 화가 나는 거예요.
"누가 이런 말을 가르쳐 줬는지 말하지 않으면
여우의 열세 가지 속임수를 사용해서 너를 잡아
먹겠다!"
여우의 말에 까치는 잔뜩 겁을 먹었어요. 어쩔
수 없이 이실직고를 했지요.

The fox was surprised as he thought the
magpie was cowardly and dumb.
"Who taught you that?"
The fox asked indifferently to hide his
astonishment.
"I came up with the idea."
He considered the magpie's answer for a while,
but the more he thought about it, the more he
got mad.
"If you don't tell me who taught you that,
I will use my thirteen tricks and eat you up alive."
The magpie got so scared that he told the fox
the truth.

여우는 들쥐의 집 앞으로 가서 나오라고 소리쳤어요.
"나 지금 청소 중이야!"
들쥐는 구멍 밖으로 나올 생각도 하지 않았어요.
여우는 조금 기다리다가 다시 들쥐를 불렀어요.
"나 지금 거울 닦고 있어!"
이번에도 들쥐는 나오지 않았습니다.

여우는 조금 있다가 또 들쥐를 불렀어요.
그러자 들쥐가 머리를 삐쭉 내밀었습니다.
여우는 다정한 목소리로 말했어요.
"이렇게 예쁜 머리를 가졌는데 가슴은 얼마나 예쁠까?"
그러자 들쥐는 뽐내듯이 가슴을 보여줬어요.
"이렇게 예쁜 가슴을 갖고 있는데 꼬리는 더 예쁘겠네?"
여우의 칭찬에 들쥐는 구멍에서 완전히 나오고 말았어요.
그때 여우는 들쥐를 잽싸게 삼켜버렸습니다.
그러자 들쥐는 여우 뱃속에서 말했어요.
"오물오물 먹으면 맛이 안날 거야.
입을 크게 벌리고 우적우적 먹어야 맛있을 걸?"

The fox went to the grey mouse's house and called the mouse.
"I am cleaning my house."
But the grey mouse didn't come out. The fox waited a while and called the
mouse again.
"I am cleaning my mirror."
The grey mouse didn't come out again. The fox waited a while and called
the mouse yet again.
Then the mouse stuck his head out.

The fox said in a friendly, soothing voice,
"How beautiful your chest must be when your head is this beautiful?"
Then the mouse showed him his chest proudly.
The fox praised the mouse again.
"Your tail would be even more beautiful as you have such a beautiful chest."

Then the mouse fully came out of the hole and the fox swallowed him.
The mouse said from inside the fox's stomach,
"If you chew me and eat it wouldn't taste good. You should eat me whole
with your mouse widely open."

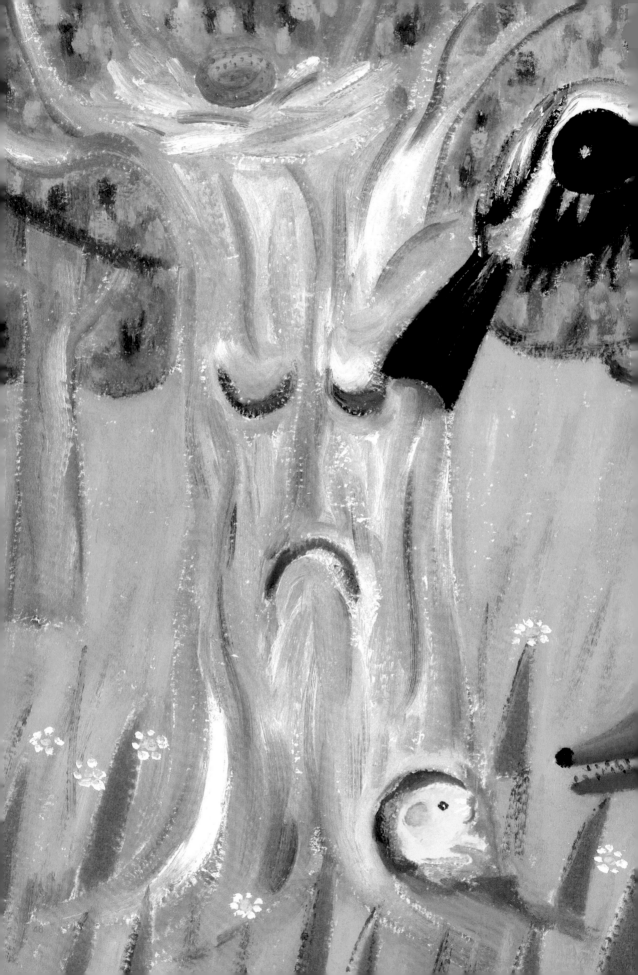

여우가 입을 크게 벌리는 순간 들쥐는
밖으로 뛰쳐나와 구멍 속으로 쏘옥 들어갔습니다.

When the fox opened the mouse, the mouse quickly
ran out and went straight back into the hole.

그리고 아무리 기다려도 들쥐가 다시 나오지 않자 여우는 조용히 숲으로 사라졌대요.
그때부터 까치는 먹을 것이 생기면 들쥐와 나눠 먹으며 사이좋게 살았답니다.

After a long wait, the fox gave up and returned to the forest.
From then on, the magpie and the mouse shared all their food
and lived in peace.

ДОГОЛОН ШААЗГАЙ
The Limping Magpie

Эртээ урьдын цагт долоон өндөгтэй доголон шаазгай амьдардаг байжээ. Гэтэл нэгэн өдөр зальт үнэг үүрнийх нь дор ирж зогсоод,

- Доголон муу шаазгай чи долоон өндөгнөөсөө нэгийг өг, гэжээ.

- Би чамд нэг ч өндөг өгөхгүй гэхэд үнэг :

- Хэрэв чамайг өндөгнөөсөө өгөхгүй бол алсаас тоос босгон ирээд улиасыг чинь хуга мөргөн үүрийг чинь эвдэж, өндгийг чинь авах болно гэж сүрдүүлжээ. Айсан шаазгай нэг өндгөө өгч, үнэг өндгийг амтархан зооглржээ.

Энэ өдрөөс хойш үнэг өдөр бүр ирж сүрдүүлэн өндгийг нэг нэгээр нь идсээр байгаад ганц өндөг үлджээ.

Шаазгай ганц өндгөө даран уйлж суутал улиасны ёроолоос оготно гарч ирээд асуужээ :
- Шаазгай чи юунд уйлав?
- Би долоон өндөгтэй байлаа, гэтэл зальт үнэг өдөр бүр ирээд өндөгнөөсөө өг гэж шаардаж. Би өгөхгүй гэж хичээсэн боловч улиасыг минь хуга мөргөн, өндгийг минь авна гэж айлган, аргагүй эрхэнд би түүнд өгсөн билээ. Өдөр бүр нэг нэгээр авч явсаар одоо нэг л өндөг үлдлээ, гэж хэлжээ. Оготно :

- Чи үнэгийг дахин ирээд ганц өндгийг чинь нэхвэл өгөхгүй
гээрэй. Тэгэхээр үнэг алсаас тоос босгон ирээд улиасыг чинь
хуга мөргөнө гэдэг үгээ хэлэн айлгах болно. Тэгэхээр нь чи
"Алсаас тоос босгодог туурай чинь аль вэ, улиасыг минь
хуга мөргөдөг эвэр чинь аль вэ?" гэж асуугаарай. Харин хэн
чамд энэ үгийг зааж өгөв?"гэж асуух байх. Тэгвэл чи "Би
өөрөө бодож олсон юм"гэдэг юм шүү гэж зааж өгчээ.

Үнэг мөн л хүрч ирээд үлдсэн ганц өндгөө өг гэж
шаазгайнаас нэхжээ. Шаазгай оготны зааснаар :
- Ганц үлдсэн өндгөө одоо чамд яасан ч өгөхгүй, гэлээ.
Тэгтэл үнэг урьдын адил "Алсаас тоос босгон ирээд улиасыг
чинь хуга мөргөн үүрийг чинь эвдэнэ"гэж сүрдүүлжээ.
Шаазгай хариуд нь :
- Алсаас тоос босгодог туурай чинь аль вэ, улиасыг минь
хуга мөргөдөг эвэр чинь аль вэ?"гэж асуужээ.

Аймхай тэнэг шаазгай ийм үг хэлсэнд гайхсан үнэг :

- Хэн чамд энэ үгийг зааж өгөв, гэсэнд шаазгай

- Би өөрөө бодож олсон юм.

Үнэг бодож байгаад :

- Хэн чамд энэ үгийг зааж өгснийг хэлэхгүй бол би үнэгний арван гурван мэхээ хэрэглэж байгаад чамайг барьж иднэ дээ, гэж айлгажээ.

Шаазгай сандарч :

- Тэр нүхэнд амьдардаг оготно зааж өгсөн, гэж үнэнээ хүлээв.

Үнэг оготны нүхний гадаа очоод дуудсанд :

- Би гэрээ цэвэрлэж байна, гээд гарч ирсэнгүй. Үнэг байж байгаад дахин дуудсанд :

- Би толио арчиж байна, гээд мөн л гарч ирсэнгүй. Үнэг байзнаж байгаад дахиад оготныг дуудсанд оготно толгойгоо цухуйлгажээ. Үнэг :

- Ийм хөөрхөн толгойтой юм чинь цээж нь ямар хөөрхөн бол?, гэтэл оготно онгирон цээжээ ил гаргав. Үнэг цааш нь :

- Ийм хөөрхөн цээжтэй юм чинь сүүл нь бүүр хөөрхөн байж таараа, гэж магтахад оготно үүрнээсээ бүр мөсөн гарч ирж, үнэг ч хүссэнээр болсонд шууд л үмхээд авчээ.

Оготно үнэгний аман дотроос :
"Өмөр өмөр гэж идвэл амтгүй байдаг юм шүү. Ангар ангар гэж идвэл амттай байдаг юм шүү"гэж гэнэ.

Үнэг ч оготны хэлсэнээр ангар ангар гэж идэхээр амаа ангалзуултал оготоно үсрэн гарч ирээд нүх рүү гүйгээд орчихов. Үнэгний арга ухаан барагдаж олон амьтны доог болохгүйн тулд тэндээс зайлан хол явжээ. Доголон шаазгай ч үлдсэн ганц өндгөө алдалгүй үлдсэндээ баярлаж, ангаахайндаа олж ирсэн хоолноосоо ухаант хөрш оготнодоо хүртээдэг болжээ.

3

한국어로 읽는
몽골 동화

Солонгос хэлээр
унших
Монгол үлгэр

까마귀는 왜 까맣게 되었을까?

Хэрээ яагаад хар өнгөтэй болсон бэ?

Why Crows Turned Black

글_윤승주, 이신원
그림_윤승주

옛날옛날에 머리 위에 세 개의 무지갯빛 깃털을 가진 까마귀가 살고 있었어요.

까마귀는 화려하고 멋진 이 깃털을 자랑스럽게 생각하고 자신의 생김새와 목소리에

매우 만족했어요.

Once upon a time, there lived a crow, which had three rainbow-colored feathers on its head. The crow was very proud of its glamorous and gorgeous feather and was very satisfied with its looks and voice.

어느 날 근처에 살고 있던 까치가 까마귀에게 다가와서 말했어요.

"날이 추워지기 전에 우리 같이 예쁜 집을 지어서 함께 살까?"

까마귀는 까치와 살고 싶지 않았고, 날도 더운데 힘들게 집을 짓기도 싫었어요.

"싫어, 내 깃털은 푹신푹신하고 풍성해서 집이 필요 없어. 보라고, 내 깃털이 얼마나 따뜻한데."

One day a magpie living nearby came up to the crow and said,
"Shall we build a beautiful house and live together before it gets cold?"
The crow didn't want to live with the magpie and certainly didn't want to build a house in the trouble of hot weather. So it said, "No, my feathers are fluffy and rich, so I don't need a house. Look how warm my feathers are."

어쩔 수 없이 까치는 혼자서 집을 짓기 시작했어요.

까치는 편안하면서 아늑하고 멋진 집을 짓기 위해 몇 날 며칠 땀을 뻘뻘 흘렸어요.

So, the magpie started building the house by itself. Over the next few days, magpie sweated to build a comfortable, cozy, and wonderful house.

"아이고, 끝났다. 이젠 추운 겨울이 와도 걱정 없겠어!"

"오예~! 내가 이렇게 예쁜 집을 지을 수 있다니·····, 믿을 수가 없어."

"와우! 좋아 좋아 헤헤~!"

까치는 콧노래까지 부르며 기뻐했어요.

'Whew, it's done. I guess I won't worry about the cold winter now.
hmm-hmm. I can't believe I have built such a beautiful house...I can't
believe it.'
Wow! Nice! Very nice! hmm~hmm~!' Magpie hummed in joy.

멀리서 무슨 일인가 하고 까마귀가 날아왔어요.

"뭐가 좋아서 이렇게 날뛰고 있니? 헉, 이건 뭐야. 까치가 이렇게 예쁜 집을 혼자서

지었어?"

까마귀는 새 집이 아주 예쁘고 아늑해 보여서 샘이 나기 시작했어요.

The crow spotted the magpie who was excited to finish building the
house. "What's so happy about you to run around like this? What's
this? Did you build such a beautiful house by yourself?"
The crow became jealous because the new house looked incredibly
beautiful and cozy.

'같이 집을 짓자고 했을 때 내가 안 하겠다고 했는데, 이제 와서 같이 살고 싶다고 할 수도 없고, 음~'
까마귀는 까치가 이렇게 멋진 집에서 혼자 산다고 생각하니 배가 아팠어요.
'어떻게 해야 할까? 음...'

'When the magpie asked me to build the house together, I said I wouldn't do it....and now I can't say I want to live there too......, um......' Just the thought of magpie living alone in such wonderful house, made the crow turn green with envy.
'What to do? um.......'

그리곤 까마귀는 기발한 생각을 해냈어요.
'아하! 까치의 집을 없애버리면 되겠구나! 그렇담 어떻게 해야 하지? 음~'

And then the crow came up with a brilliant idea.
'Aha! I can destroy magpie's house! So what should I do? Hmm......'

까마귀가 까치의 집을 망가뜨릴
수 있는 것을 찾으러 날아가고
있었어요.

The crow flew about to look for something
that could destroy magpie's house.

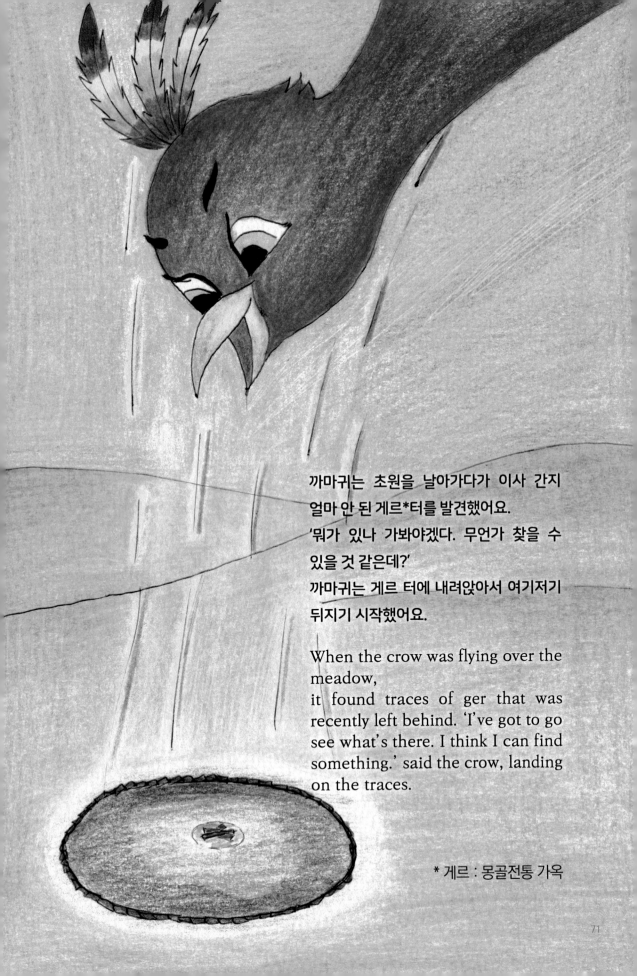

까마귀는 초원을 날아가다가 이사 간지
얼마 안 된 게르*터를 발견했어요.
'뭐가 있나 가봐야겠다. 무언가 찾을 수
있을 것 같은데?'
까마귀는 게르 터에 내려앉아서 여기저기
뒤지기 시작했어요.

When the crow was flying over the
meadow,
it found traces of ger that was
recently left behind. 'I've got to go
see what's there. I think I can find
something.' said the crow, landing
on the traces.

* 게르 : 몽골전통 가옥

그때 불기운이 남아 있는 재에서 타다 남은 장작의 불씨를 발견했어요.
'우와, 타지 않은 장작이 있네! 이것으로 까치의 집을 태워버려야겠다!'

The crows looked all over the traces.
Then, among the still-warm ashes, it found an ember in the leftover firewood.
'Wow, there is firewood that didn't burn out!'

까마귀는 불씨가 남은 장작 끝부분을 입에 물고 까치의 집을 향해
날아갔어요.
하필이면 그날은 바람이 심하게 부는 거예요. 앞에서 부는 바람
때문에 까마귀의 눈이 따갑기 시작했어요.

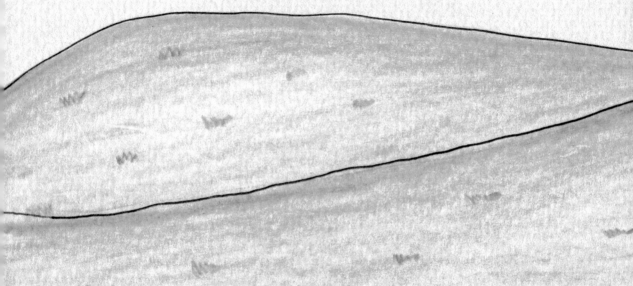

The crow flew toward the magpie's house
with the burning firewood in its mouth.
However, of all things, it was a very windy
day. With the wind blowing in, the crow's
eyes started to hurt.

'어머, 눈을 뜰 수 없잖아. 아야, 눈이 따가워. 입에도
재가 들어가서 목이 막혀. 헉, 헉! 아야, 아야, 왜
이렇게 덥지? 어, 더워, 헉, 헉!'
까마귀는 더 이상 참을 수 없어서 눈을 억지로 뜨고
내려다보니 다행히 아래에 강이 보였어요.

'Oh, I can't open my eyes. Ouch, my eyes are sore. My throat is choked with ashes. Ouch, ouch, why is it so hot? Ah, it's hot, Huff, Puff!' The crow couldn't stand it anymore, so it forced its eyes open and looked down. Fortunately, there was a river below.

'와우, 강이다! 빨리 들어가야겠다.'
슈~욱, 풍~덩! 까마귀는 물고 있던 장작을 버리고 물속으로 잽싸게 들어갔어요.
'아, 시원해! 이제야 살 것 같다.'

'Wow, it's a river! I have to hurry in.' Shoo-woo slat-plat!
The crow threw away the firewood it was holding in its mouth and
quickly went into the water.
'Oh, how cool! Now I feel much better.'

까마귀는 물에서 나와 고개를 숙이면서 흐르는 강 속에 비친 자신의 모습을 보고 깜짝 놀랐어요.

'으응?! 이게 누구야?' 하면서 날개와 다리를 살짝 움직여봤어요.

'나랑 똑같이 움직이는 걸 보면 나 맞는데…….? 아~악! 내 머리에 있던 깃털은 어디 갔지?'

까마귀의 머리 위에 있던 무지개 빛깔의 예쁜 깃털 세 개는 입에 물고 가던 장작의 불씨에 타서 없어지고,

몸도 흙더미처럼 까맣게 되었어요.

As the crow stepped out of the water and bowed its head, it was surprised to see it's reflection on the flowing water. 'Huh?! Who is this?' Said the crow, moving its wings and legs a little.

'Seeing that it's moving in the same direction as I am, it must be me...... Aaaah! Where are the feathers on my head?' Three beautiful rainbow-colored feathers on the crow's head were all burnt out by the fire from the firewood it was carrying, and its body turned as black as a pile of dirt.

온몸이 까맣게 탄 채 허우적거리는 불쌍한 새 한 마리가 물속에 보였어요.

까마귀의 화려하고 예쁜 모습은 온데간데없이 사라졌고요.

'까치의 집을 없앨 생각을 괜히 했어. 흑흑. 그 생각 때문에 내 예쁜 모습이 사라졌어. 흑흑.'

까마귀는 후회했지만 이미 늦은 상황이었어요.

In the water, all there was a poor, dripping-wet bird with its body scorched black. The crow's colorful and attractive look from the past was nowhere to be found. "I shouldn't have thought about ruining the magpie's house. Sob, sob. Because of it, now my beautiful looks are gone forever. Sob, sob." Regretted the crow but it was all too late.

이렇게 해서 까마귀의 몸은 까맣게 되고, 목소리도 변해서 예쁜 소리를 못 내고
'까악, 까악!' 하는 듣기 싫은 소리를 내게 되었대요.

So, this is why crows' bodies are black. Because of the ashes in the crow's mouth, crows' voice changed for good and couldn't make any of its pretty sounds, except the unpleasant 'Cow, cow!' sound.

몽골에서는 '남에게 해가 되는 일을 하면 나에게도 그 해가 온다.'는 의미의
'본인의 나쁜 생각이 자신을 기다린다.'는 속담이 있답니다.
까마귀가 '까악, 까악!' 소리를 내고 오면 무언가 안 좋은 일이 생길까 사람들은
두려워합니다.
그런데 만약에 까치가 집 앞에 와서 '꾹꾹, 꾹꾹.' 하고 소리를 내면
"오늘, 우리 집에 손님이 오겠네!" 하며 좋아한답니다.
몽골인 들은 초원에 흩어져 사는 유목민이다 보니 멀리서 오는 손님을
까치처럼 바깥세상의 소식을 전해주는 귀한 존재로 생각하기 때문입니다.

In Mongolia, there is a saying that goes, "Your evil thought awaits
you." meaning "When you harm others, it harms you too.". And
people are afraid that something bad will happen when crows come
making the 'Cow, cow!' sound. But if magpies come near the house
and sing 'Coo, coo!', People welcome it thinking "Today, we're going
to have guests!"
Because the Mongolians are nomadic people living in the fields, they
consider the guests from afar to be a valuable presence that brings
news from the outside world, just like the magpies do.

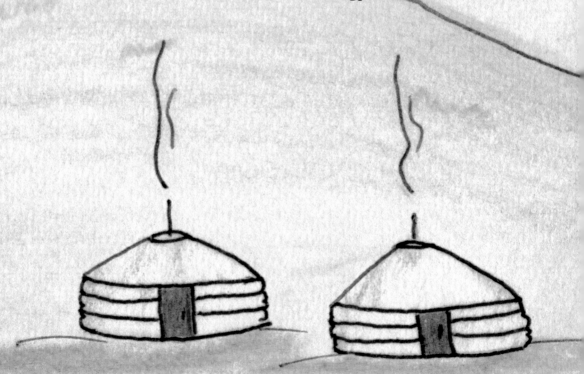

Хэрээ яагаад хар өнгөтэй болсон бэ?

Эрт урьдын цагт толгой дээрээ солонгын өнгөт гурван өдтэй хэрээ амьдарч байжээ. Хэрээ өөрийнхөө ганган сайхан төрх болон хоолойндоо ихэд сэтгэл хангалуун байдаг байжээ.

Нэгэн өдөр ойрхон амьдардаг шаазгай хэрээнд дөхөж ирээд хэлж гэнэ. "Гадаа хүйтрэхээс өмнө хоёулаа сайхан гэр барьж хамтдаа амьдарья тэгэх үү?" Хэрээ шаазгайтай амьдрахыг хүссэнгүй, бас халуунд гэр барих ч дургүй байв. Тэгээд "миний өд өтгөн бас дулаахан болохоор надад гэр хэрэггүй. Хар л даа миний өд ямар дулаахан гээч" гэжээ.

Тэгээд шаазгай ганцаараа гэр барьж эхлэв. Шаазгай хэдэн өдрийн турш тохитой сайхан гэр барихын төлөө хөлсөө урсган ажиллаа.

"Ёох, дууслаа. Одоо хүйтэн өвөл ирсэн ч санаа зовохооргүй боллоо. Ляля Би ганцаараа ийм гоё гэр барьчихлаа гэжүү дээ. Итгэхийн аргагүй юм. Яа, Ямар гоё юм бэ? ля-ля"

гэж шаазгай амандаа дуу аялан, баяртай нь аргагүй бүжиглэж байв.

Гэрээ барьж дуусан хөгжилтэйгээр бүжиглэж байгаа шаазгайг хэрээ харж гэнээ. "Юундаа ингэж их баяртай байгаа юм болоо? Хөөх, энэ чинь юу вэ? Шаазгай ийм сайхан гэр барьчихлаа гэжүү?" Шаазгайн шинэ гэр их сайхан бас тохитой харагдаж хэрээ атаархаж эхэллээ.

"Хамтдаа гэр барья гэхэд нь хийхгүй гэсэн мөртлөө. Одоо хамт амьдармаар байна гэж хэлэх хэцүү юм. За байз, яадаг юм билээ?" Хэрээ, шаазгайг ийм сайхан гэрт ганцаараа амьдарна гэж бодохоос атаархал нь буцалж байв. "Яах вэ байз? ~мм"

Тэгтэл хэрээнд нэгэн бодол төрөв. "Аанхан, шаазгайн гэрийг устгачихвал болох юм байна. Яаж устгах вэ? ~мм "

Хэрээ шаазгайн гэрийг устгах арга хайн нислээ.

Хээр талаар нисэж байгаад дөнгөж нүүсэн айлын буурь байхыг олж харав гэнэ. "Юу байна очиж харья байз." гээд хэрээ гэрийн буурин дээр буулаа.

86

Гэрийн буурийг сайн ажиглан хартал цог нь унтраагүй үнсэн дунд цуцал байхыг олж харлаа. "Хөөх, цуцал байх чинээ! Шаазгайн гэрийг энүүгээр шатаая".

Хэрээ цуцлын шатаагүй хэсгийг амандаа зуун шаазгайн гэрийн зүг нисэж гэнээ. Тэр өдөр маш их салхитай байсан учир урдаас үлээх салхинд хэрээний нүд хорсч эхэллээ.

"Ёох, нүдээ нээхийн арга алга. Ёо ёо нүд хорсоод байна. Аманд бас үнс ороод хоолой хорсоод байна. Ёох ямар халуун юм бэ?" Хэрээ бүүр тэвчихээ болиод доошоо хартал гол харагдлаа.

"Ашгүй тэнд гол байна. Бушуухан орьё." Хэрээ амандаа зуусан цуцлаа хаян усруу шунхийн орлоо. Пүл, пал. "Яасан сайхан сэрүүхэн юм бэ. Ёох, арай гэж амь гарлаа."

Хэрээ уснаас гарч голын усанд өөрийн дүрсийг хараад зог тусан гайхав. "Хүүе? Энэ чинь хэн бэ?" Гээд далавч, хөлөө хөдөлгөж үзэв. "Надтай адилхан хөдлөж байхыг бодвол би мөн л байна даа? Хүүе! Миний толгой дээрх өд хайчиваа?" Хэрээний толгой дээрх солонгон өнгөт гурван сайхан өд нь амандаа зууж явсан цуцлын очинд шатаад алга болчихсон, бүх бие нь түлэгдэж харласан байлаа.

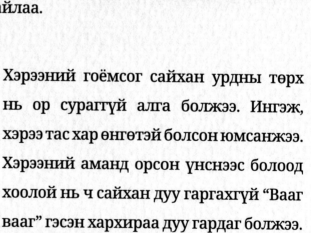

Хамаг бие нь түлэгдэж харлаад, усанд шалба норсон өрөвдмөөр шувуу л голын усанд харагдаж байв. "Шал дэмий шаазгайн гэрийг усттэ гэж бодлоо.. ий ийн, Тэр бодлоос болоод миний сайхан төрх минь үүрд алга болчихлоо" гэж хэрээ харамссан боловч нэгэнт оройтсон байлаа.

Хэрээний гоёмсог сайхан урдны төрх нь ор сураггүй алга болжээ. Ингэж, хэрээ тас хар өнгөтэй болсон юмсанжээ. Хэрээний аманд орсон үнснээс болоод хоолой нь ч сайхан дуу гаргахгүй "Вааг вааг" гэсэн хархираа дуу гардаг болжээ.

Ингээд Монголд 'Бусармаг үйлдэлдээ өөрөө хохирно' гэсэн утгатай 'Муу санаа биеэ отно' гэдэг зүйр үг үүсчээ. Хэрээ гадаа дуугарвал "Хон хэрээ дуугарлаа таагүй зүйл болох нь уу даа" гэж жихүүцнэ. Гэвч шаазгай гэрийн үүдэнд ирж шагширвал "Манайд зочин ирэхнэ үү дээ" гэж олзуурхдаг болсон гэдэг. Тархай бутархай нүүдлийн амьдралтай Монголчууд холоос ирсэн хүнийг ертөнцийн мэдээ дуулгадаг зочин хэмээн ихэд хүндэлдэг гэнээ.

4

한국어로 읽는 몽골 동화

Солонгос хэлээр
унших
Монгол үлгэр

고니의 전설

ХУН ШУВУУНЫ ҮЛГЭР
The Story of the Swan

글 강사라 Tugsjargal Ochirba (몽골어 ·한국어), 이규정(영어)
그림 김재윤

옛날옛날 몽골의 어느 시골 마을에 가난한 양치기 소녀와 엄마가 살고 있었어요.
소녀는 날마다 초원에서 양을 치고, 풀밭을 뛰어 놀며 행복하게 지냈습니다.

Once upon a time, there was a poor shepherd girl who lived with her mother. Every day, she took care of her sheep and ran about the grass field.

가을이 되자 강물은 얼어붙고, 철새들은 멀리 날아가기 시작했습니다.

그러던 어느 날, 소녀는 강가에 갔다가 언 강물에 몸이 달라붙어 옴짝달싹 못하는 고니를 발견했어요.

아름다운 고니가 너무 불쌍했어요. 그래서 꽁꽁 언 강물을 쇠막대기로 힘껏 내려쳐서 얼음을 깨뜨렸어요.

소녀는 온몸이 얼음처럼 차가운 고니를 품에 꼭 안고 집으로 데려 왔어요.

The days of the summer passed, the lake froze, and the birds flew away. One late autumn day, she saw a swan helplessly struggling as it was stuck to the frozen waters.
She pitied the beautiful swan, so she struck the frozen lake with a steel pipe to break the ice and free the bird. She held the shivering swan as tightly and warmly as she could, and took it to her home.

소녀와 엄마는 함께 고니의 언 몸을 녹여주고, 먹을 것도 챙겨주면서 정성껏 보살펴 주었어요.
덕분에 추운 겨울 동안, 고니는 따뜻한 집안에서 지냈어요.

With the help of her mother, she basked the swan's frozen body and brought food to give it strength. The swan could rest in a warm house, away from the aching cold and dangers of the outside world.

추운 겨울이 가고 봄이 왔어요.

소녀는 여느 때처럼 양들이 풀을 뜯어 먹는 걸 지켜보고 있었어요.

그때 등 뒤에서 고니의 목소리가 들려왔어요.

고니가 날갯짓을 하며 하늘로 날아가고 있는 거예요. 고니가 떠나자 소녀는 매우 슬펐습니다.

그리고 또 시간은 흘러 여름이 되었어요. 양들과 놀던 소녀는 더위에 지쳐 잠이 들었습니다.

소녀의 꿈에 고니가 나타났어요.

"내 집은 가까운 동굴 안에 있어. 어머니께 허락 받고 놀러 올래?"

소녀는 엄마에게 신기한 꿈 이야기를 했어요. 엄마는 곰곰이 생각하다가 소녀에게 말했어요.

"네가 고니를 잘 돌봐주고, 친절하게 대했잖아. 그러니까 고니도 네가 보고 싶겠지. 다녀와도 좋을 것 같아!"

One spring, the shepherd girl was watching the sheep graze in the field. Suddenly, she heard a loud noise from behind her. When she turned around, she saw the swan flapping its wings and flying up to the sky. She was very upset that the swan was flying away. Then it became summer. The sweltering girl fell asleep after playing with the sheep. She had a dream about the swan.

The swan said "My house is in a cave nearby your house. Why don't you come over and visit?" When she woke up, she shared her marvelous dream with her mother. It felt so real. After considering the matters carefully, the mother told the girl, "You took such good care of the swan and treated it so kindly. The swan will not harm you, so I think you should go and have a good time."

다음날, 소녀는 고니가 알려준 동굴에 도착했어요. 동굴 속으로 조심조심 들어가자 젊은 남자가 있었어요.

동굴은 화려하게 빛났고, 보석으로 장식한 기둥과 하얀 바닥은 눈부시게 반짝였어요.

Next day, she arrived at the cave. She gingerly stepped inside, where she saw a young man. The cave was twinkling colorfully, the columns were decorated with jewelry, and the floor sparkled, as well.

젊은 남자가 소녀를 보며 말했어요.

"나는 네가 언 강에서 살려준 고니야. 그때 너는 나를 아낌없이 보살펴줬어. 아무것도 바라지 않고 말이야. 그때 무척 감동했어.

우리 아버지는 산과 바다의 왕인데, 아버지의 뜻대로 고니로 살게 되었어. 세상에서 가장 마음씨 착한 여자를 만나 진심으로 사랑하게 되면 사람이 될 수 있어. 그래서 너와 결혼하고 싶어!"

당황한 소녀는 젊은 남자의 말에 아무 대답도 할 수 없었어요.

The young man stared intently yet gently and said, "You took care of me so generously without expecting any rewards in return. I was very impressed by your kindness. My father is the king of the mountain and seas, it was his will that I live as a swan until I fall in love with a pure-hearted girl and become human. I wish to marry you!"

젊은 남자는 소녀와 함께 동굴에서 나오더니 다시 고니로 변해서 멀리 날아가는 거예요.

집으로 돌아온 소녀는 신기한 일들을 엄마에게 모두 이야기했어요.

They left the cave together. He changed back to a swan and flew away.
The girl told her mother about everything that happened when
she returned home.

그날 이후로 고니는 날마다 소녀를 찾아봐서 놀다 갔어요. 소녀는 고니와 함께하는 시간이 무척 행복했어요.

소녀도 점점 고니를 사랑하게 되었습니다.

그런데 마을 사람들이 소녀를 보고 수군대며 이상한 소문을 퍼뜨렸어요.

"저 아이가 마녀래. 그래서 고니랑 친하잖아."

소녀는 너무 속상해서 이 소문을 고니에게 전했어요.

"며칠만 기다려 줘."

고니가 미안한 얼굴로 말했습니다.

Since that day, the sway visited her to spend time with her every day. She was very happy when she was with the swan. She began to fall in love with the swan. However, the villagers spread rumors about her in whispers by calling her a witch who befriended a swan. When the swan found out about the rumors, he told the girl, "Please wait for me, I will be away for several days."

올해도 마을에는 어김없이 여름 축제가 열렸어요. 많은 사람들이 몰려들었습니다.

소녀는 축제에 입고 갈만한 옷이 없어서 구경 가는 걸 포기했어요.

그러자 고니가 소녀의 집 지붕 위에 꾸러미를 두고 날아갔습니다.

소녀가 꾸러미를 풀었더니 엄마와 소녀에게 꼭 맞는 아름다운 옷 두 벌이 들어 있었어요.

That year, there was a summer festival in the village. There were crowds of people at the festival. The girl, however, did not have proper clothes to wear, so she gave up going to the festival.

The swan, knowing this, flew by and left a bundle on the roof of her house. When she opened the bundle, there were two pretty dresses, one for her and one for her mother.

소녀는 엄마와 함께 새 옷을 입고 축제에 갔어요. 축제에서 두 모녀는 유난히 돋보였습니다.

역시나 어느 멋진 남자가 소녀에게 다가와 결혼해달라고 고백하기도 했어요.

하지만 소녀는 단번에 거절했지요. 소녀의 마음속에는 오직 고니뿐이었거든요.

축제가 끝나자 소녀는 고니가 사는 동굴로 갔어요.

그런데 동굴 입구에는 고니가 아닌 젊은 남자가 서 있었어요.

"네가 새라도 나는 너와 함께 있는 게 좋아."

소녀의 말에 남자는 환하게 웃으며 말했어요.

"축제 때 고백한 남자가 바로 나였어."

The girl and her mother were thus able to attend the festival. There was no woman more beautiful than the girl. One man who was the son of a wealthy family approached her and confessed his love to her. The girl refused at once, since her heart belonged to the swan.

After the festival, she went to the swan's cave, but there was a young man instead of the swan. "Even if you remain as a swan, I will still stay with you," exclaimed the girl. He was extremely happy and said, "It was I who confessed to you at the festival."

그 남자는 때가 되었다는 듯이 산과 바다의 왕을 불렀습니다.

왕은 마음씨 착한 소녀를 무척 마음에 들어 했어요.

그래서 자기 아들과 결혼하는 것을 허락했습니다.

사람이 된 고니는 소녀와 결혼식을 올린 후 오래오래 행복하게 살았답니다.

Then, the young man called the king of the mountain and seas.
The king really liked the girl's pure heart
and allowed his son to marry her.
The swan became human and the two had their wedding.
From then on, he never had to live as a swan again.

ХУН ШУВУУНЫ ҮЛГЭР

The Story of the Swan

Эртээ урьдын цагт нэгэн хоньчин охин ээжийнхээ хамт ядуу зүдүүхэн амьдран суудаг байжээ. Охин өдөр бүр цэцэгт ногоон талд хонио хариулдаг байжээ.

Намар болж голын ус хөлдөн, нүүдлийн шувууд алсыг зорин нисэж эхлэв. Нэгэн өдөр охин голын эрэг дээрээс мөсөнд наалдсан өнчин хун шувууг олж харав. Охин үзэсгэлэнт шувууг ихэд өрөвдөж, хөлдүү мөсийг царилаар нүдсээр, шувууг салган аваад гэртээ авчирэв. Ээж охин хоёр шувууг халамжлан хүйтэн өвлийг дулаахан нөхөрлөлөөр өнгөрүүлжээ.

Хаврын нэг өдөр хонио бэлчээж явсан охинд хун шувууны гунганах дуу сонсогдожээ. Эргэн хартал хун шувуу далавчаараа "Баяртай" гэх мэт даллан тэнгэр өөд нисэн оджээ. Хун шувуу нисэн одож охин ихэд гуниглах болов. Зун болж охин хониныхоо захад зүүрмэглэж орхижээ. Гэтэл түүний хайртай хун шувуу зүүдэнд нь ирээд "Чи надаас биттий айгаарай. Миний гэр энүүхэнд агуйд байдаг юм. Ээжээсээ зөвшөөрөл аваад манайд зочлон ирээрэй" хэмээн хүний хэлээр хэлж гэнэ. Охин зүүднийхээ тухай ээждээ хэлжээ.

Ээж нь бодолхийлж байснаа "Тэр чамд сайн хандаж байсан болхоор лав муу юм хийхгүй биз. Очоод ир дээ" гэжээ.

Охин маргааш нь хун шувууны заасан агуйн аман дээр очвол "Наашаа ороод ир" гэх дуу гарав. Охин явж ортол сайхан залуу байж гэнэ. Агуй дотор өдөр мэт гоёмсог гэрлүүд гэрэлтэж, эрдэнсээр чимсэн багана, цагаан шал нь нүд гялбуулж байжээ.

Сайхан залуу охины гараас атган ингэж хэлжээ:

- Би бол чиний амийг нь аварсан хун шувуу байна. Ядуу ч гэлээ чи гэртээ байгаа бүхнээрээ намайг дайлсан. Гэхдээ хэн нэгнээс юу ч хүсээгүй, та хоёр чин сэтгэлээсээ хийсэн. Энэ бүхнийг хараад би уярдаг байлаа. Тиймээс би чамд хайртай. Аав маань лусын хаан юм. Тэр намайг энэ хорвоогийн хамгийн сайхан сэтгэлтэй бүсгүйд үнэн сэтгэлээсээ дурлах хүртэл хун шувуу байхаар илбэдсэнээс би ийм болсон. Тиймээс чи гэргий минь болооч, гэв.

Энэ үгийг сонсоод охин гайхаж, юу гэж хариулахаа мэдэхгүй байлаа. Залуу охиныг агуйгаас гаргаж өгөөд дахиад л хун шувуу болон нисэн одлоо. Охин гэртээ ирж ээждээ болсон явдлыг ярьжээ.

Тэр цагаас хойш охин хун шувуу хоёр өдөр бүр хээр талд зугаалдаг болж, удалгүй хайр сэтгэлтэй болжээ. Гэтэл нутгийн хүмүүс охиныг "Хун шувуутай нөхөрлөдөг шулам" хэмээн ярилцах болжээ. Охин энэ тухайгаа хун шувуундаа хэлхэд, хун шувуу хэд хоног хүлээхийг гуйв.

Наадам болж нутгийн бүх хүмүүс цуглажээ. Охин муу хувцастай тул очихгүй гэж шийдсэн байжээ. Гэтэл хун шувуу нь гэрийн дээвэр дээр нь боодолтой юм тавиад нисэн одов. Охин задлан үзтэл ээж охин хоёрт таарах сайхан хувцас байлаа.

Баяр наадмын газар охин шиг сайхан бүсгүй байсангүй. Бүх л эрчүүд охины сайхныг магтаж, тэр дундаас нэгэн баян айлын хүү өөртэй нь гэрлэхийг санал болгов. Охин тэр залууд үгүй гэсэн хариу өгчээ. Охин зөвхөн хун шувуугаа л сэтгэлдээ бодож байлаа.

Охин даруй хун шувууныхаа амьдардаг агуйд очтол, хун шувуу нь агуйн гадна талд хүн төрхөөрөө угтан авлаа. Охин залууд:

- Хэдийгээр чи шувуу ч гэсэн би чамтай байхад сайхан байдаг. Тиймээс би одоо хаашаа ч явахгүй гэж хэлэв. Залуу охины үгийг сонсоод

баярлаж:

- Наадам дээр чамд
гэрлээч гэж хэлсэн
залуу бол би байсан
юм, гэж хэлээд
хун шувууны
хоолойгоор лусын
хааныг дуудав.

Лусын хаан ирээд сайхан сэтгэлт охиныг хүүтэйгээ гэрлэхийг зөвшөөрчээ. Ингээд тэд найр хурим хийж, хун шувуу дахин хүний дүрд хувилсангүй.

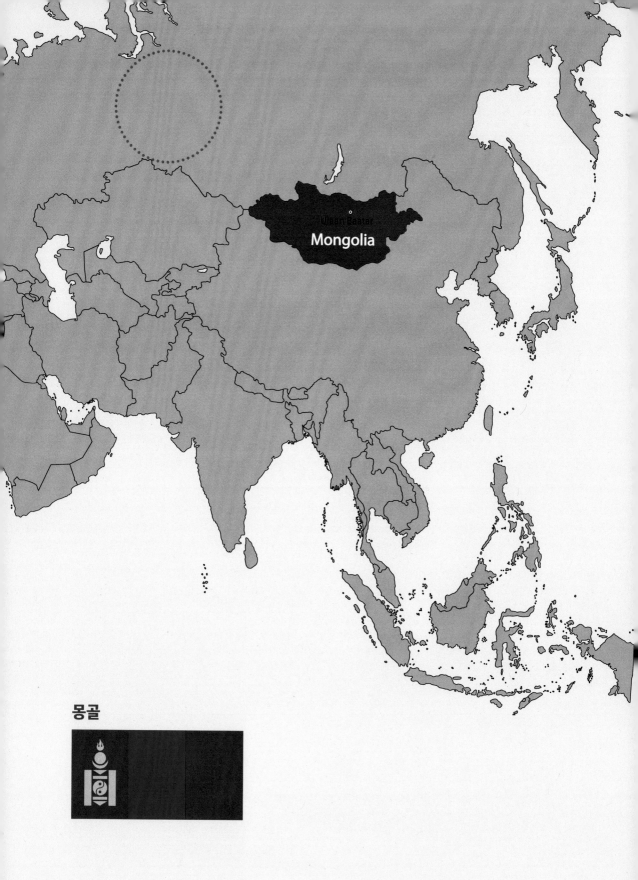

몽골

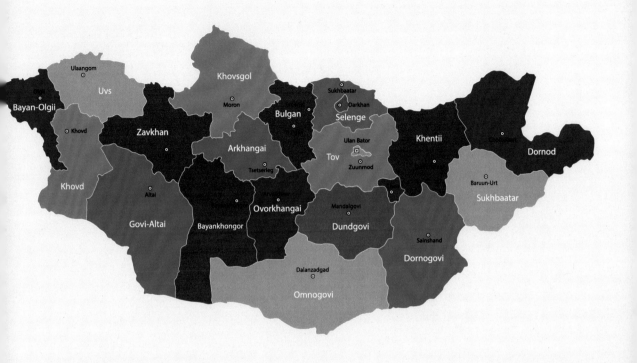

- 위치 : 중앙아시아 고원지대 북부
- 수도 : 울란바토르
- 언어 : 몽골어
- 종교 : 라마교(50%), 그리스도교, 샤머니즘
- 정치·의회 형태 : 중앙집권공화제, 다당제&단원제

몽골은 동북아시아 내륙에 위치한 나라로 세계에서 인구밀도가 가장 낮은 나라 가운데 한 곳입니다. 국토의 약 4/5가 기복이 완만한 초원으로 이루어져 있고 목초지가 좋아 몽골인들은 가축을 키우는 유목생활을 해왔습니다.

몽골의 문화생활은 수백 년 동안 내려온 전통과 새로 나타나고 있는 근대적 요소가 섞여 있습니다. 몽골의 전통축제 가운데 가장 유명한 것은 해마다 건국기념일인 7월 11일에 시작되는 나담 축제입니다. 이 축제에서는 남자들을 위한 씨름·활쏘기·경마 등 3가지 경기를 벌입니다. 그리고 몽골의 전통문학에는 영웅서사시·전설·옛날이야기·유롤(행운을 비는 시)·마그탈(찬미하는 시) 등이 있습니다.

Солонгос хэлээр унших Монгол үлгэр

2023년 9월 30일 1판 1쇄 발행

호랑이가 알록달록해진 이유
글(한국어·몽골어) 강사라(Tugsjargal Ochirbal)   글(영어) 송유빈
그림 정은수

절뚝거리는 까치
글(한국어·몽골어) 강사라(Tugsjargal Ochirbal)   글(영어) 김윤창
그림 정은수

까마귀는 왜 까맣게 되었을까?
글(한국어·몽골어) 윤승주   글(영어) 이신원
그림 윤승주

고니의 전설
글(한국어·몽골어) 강사라(Tugsjargal Ochirbal)   글(영어) 이규정
그림 김재윤

출판사 (주)아시안허브 **발행인** 최진희 **등록** 제2014-3호(2014년 1월 13일)
주소 서울특별시 관악구 신림로 271(신림동, 진흥빌딩) 3층   **전화** 070-8676-4585 **팩스** 070-7500-3350
홈페이지 http://asianhub.kr **동영상강좌사이트 주소** http://asianlanguage.kr   **이메일** editor@asianhub.kr

값 12,000원 ISBN 979-11-6620-174-5 (03830)